AF465653

ORAISON FUNEBRE

DE

TRÈS-HAUT, TRÈS-PUISSANT

ET TRÈS-EXCELLENT PRINCE,

MONSEIGNEUR

LOUIS DAUPHIN,

Prononcée dans la Chapelle du Louvre le 6 Mars 1766, en présence de Messieurs de l'Académie Françoise.

Par M. l'Abbé DE BOISMONT, *Prédicateur ordinaire du Roi, Abbé de Grétain, l'un des Quarante de l'Académie.*

A PARIS,

Chez REGNARD, Imprimeur de l'Académie Françoise, Grand'Salle du Palais, & rue basse des Ursins.

M. DCC. LXVI.

AVEC PRIVILEGE DU ROI.

ORAISON FUNEBRE

DE TRÈS-HAUT, TRÈS-PUISSANT ET TRÈS-EXCELLENT PRINCE, MONSEIGNEUR LOUIS DAUPHIN.

Vox Domini confringentis cedros.
La voix du Seigneur brise les cèdres. *Ps. 28.*

CE prodige de puissance est la dernière & la plus terrible leçon que Dieu donne à la Terre, lorsqu'il veut humilier les Rois, effrayer les Peuples, & laisser au milieu des Nations ingrates & rebelles, l'empreinte sensible de sa justice. Ce n'est plus par des vengeances secrettes, si souvent méconnues, & presque toujours méprisées, que ce Dieu jaloux parle aux coupables; il dit à l'Ange de la mort, armez-vous du glaive de ma colère, parcourez les Empires, reposez-vous sur les Trônes, immolez les plus grandes victimes.... A ce spectacle, la nature consternée reconnoît son Maître, & l'iniquité tremblante redoute un vengeur.

Falloit-il donc, MESSIEURS, pour étonner notre endurcissement, ou pour vaincre notre indifférence, que le Ciel essayât sur nous ces formidables ressources? O Israël! quelle est ta corruption, si tes malheurs ne sont mesurés qu'à tes crimes! Un Prince que tant de titres nous rendoient précieux, a été enlevé dans la vigueur de l'âge à la tendresse de ses Peuples (1); nous avons vu sécher cette fleur naissante, dont le premier éclat annonçoit des jours si brillans (2), le Père vient de suivre le Fils, & les cendres de l'Aïeul se hâtent aujourd'hui de se réunir à toutes ces cendres chéries; en est-ce assez? O mort! tu as couvert l'Europe entière de deuil, & tu parois cependant épuiser sur nous toute ta fureur! Tes coups sont si pressés, les victimes que tu fais tomber se suivent de si près, que les honneurs manquent à leur mémoire, & que les cercueils entassés attendent nos larmes. Que dis-je, le glaive est encore suspendu sur nos têtes (3): arrêtez, grand Dieu! c'est la Religion

(1) Dom Philippe, Infant Duc de Parme.

(1) M. le Duc de Bourgogne.

(3) Dans le moment où ce Discours fut prononcé, la Reine étoit dangereusement malade.

en pleurs, c'eſt la gloire de votre Nom, c'eſt l'intérêt de votre culte qui ſollicite aujourd'hui votre miſéricorde.

Au milieu de toutes les voix éloquentes qui s'élèvent pour déplorer tant de diſgraces, vous avez voulu, MESSIEURS, que ma foible voix ſe fît entendre, & répétât le gémiſſement de votre douleur. Effet bien ſenſible de l'accablement ! Vous avez été trop occupés de vos regrets, pour penſer à la gloire de l'auguſte Prince que nous pleurons ; j'acquitterai du moins vos ſentimens, & ce grand Prince ſoutiendra ſeul ſa propre gloire ; les hommes extraordinaires ſont au-deſſus de l'art & du talent, ils n'ont pas beſoin d'être loués, il ſuffit ſimplement de les montrer.

Mais par une ſingularité qui le caractériſe, ce n'eſt pas ſeulement la vie de ce grand Prince qu'il faut interroger pour le connoître, c'eſt ſa mort : il n'a commencé pour ainſi dire de vivre que dans ces inſtans funeſtes où les hommes vulgaires ſont déjà morts, & il avoit commencé en quelque ſorte à mourir, dans cet âge dangereux où les Princes imprudens ne penſent qu'à vivre : c'eſt ſous ce double point de vue qu'il faut l'enviſager pour le peindre. Auſſi ſimple que ſes vertus, il n'a vécu que pour apprendre à mourir, la ſage obſcurité de ſa vie a préparé la gloire de ſa mort ; auſſi grand que ſes deſtinées, il a prouvé en mourant qu'il étoit digne de vivre, la gloire de ſa mort a illuſtré la ſage obſcurité de ſa vie : voilà tout le plan de ſon éloge. Par l'exemple d'une vie ſi pure, apprenez, Grands de la Terre, comment il faut vivre, pour ſavoir mourir. Par l'exemple d'une mort ſi belle, apprenez, Sages du monde, comment il faut mourir, pour ſe flatter d'avoir vécu : c'eſt l'inſtruction que vous donne du fond de ſon tombeau, TRÈS-HAUT, TRÈS-PUISSANT ET TRÈS-EXCELLENT PRINCE, MONSEIGNEUR LOUIS DAUPHIN.

Dans le développement de ce grand caractère, unique peut-être aux pieds du Trône, je confondrai ſouvent, MESSIEURS, ce que nous devions eſpérer, & ce que nous n'avons point aſſez admiré ; en vous peignant le Prince vertueux qui nous fut donné, je vous découvrirai le grand Roi qui nous étoit promis ; je chercherai dans ſa mort l'hiſtoire de cette vie qui manque à nos neveux ; je vous montrerai la gloire de ſon Règne dans ces derniers momens, que la gloire efface ſi ſouvent du Règne des plus grands Princes. Si je ne vous éblouis point par l'éclat des événemens, je vous attacherai par l'élévation des principes, je vous intéreſſerai par la douceur des vertus, je vous étonnerai par l'égalité inaltérable de cette ame ſimple & ſublime. Porté ſans ceſſe, ou plutôt fixé au milieu du cœur de ce grand Prince, j'attirerai tous les vôtres, non par la pompe des images, mais par l'intérêt de la vérité ſeule : nous ſommes François, nous aimons nos Maîtres, le ſentiment ici ne laiſſe rien à faire à l'éloquence.

PREMIÈRE PARTIE.

L'ART de régner, le talent de vaincre eſt un éloge commun à tous les Rois & à tous les Conquérans ; cette gloire trop partagée n'honore preſque plus, parce qu'on l'exagère ſi elle eſt méritée, & ſi elle manque, on la ſuppoſe : mais une gloire qu'on ne peut ni ſuppoſer, ni exagérer, un art qui n'a preſque point de modèle parmi les grands, & peu de concurrens parmi les ſages, une ſcience qui caractériſe Monſeigneur LE DAUPHIN, c'eſt la ſcience de la mort ; l'éloge commence à lui. L'étude de la vérité, MESSIEURS, eſt l'école de la mort : cette vérité ſévère parle à la raiſon comme la Religion même, ou plutôt le ſentiment de la Religion achève dans le cœur ce que l'étude de la vérité commence dans l'eſprit. Voilà les deux grands Maîtres dans la ſcience de mourir que Monſeigneur LE DAUPHIN a réunis.

Enfant de la modération & de la paix, né dans ces temps de calme, où la France reprenoit par la ſageſſe des conſeils une ſupériorité qu'elle avoit trop cherchée dans la gloire des armes, il reçut de tout ce qui l'environnoit ces impreſſions douces & paiſibles qui diſpoſent le cœur des Princes à la juſtice, & tournent leur caractère à la retenue. Le bruit des combats, la fierté de la victoire a je ne ſai quoi de violent qui preſſe les paſſions d'éclore. Dans l'éducation de Monseigneur LE DAUPHIN, les circonstances aidèrent les principes, un naturel vif & bouillant fut tempéré par des maximes sages ; l'ame de LOUIS LE BIEN-AIMÉ, la foi d'une Mère vertueuse, le souffle de l'immortel HENRI, si supérieur à toutes les maximes, prépara tout à la fois le Chrétien & le grand Homme.

Ses yeux s'ouvrent, & déja se rassemble pour les éclairer cette double lumière qui montre les obligations, & qui marque les écueils ; la Foi, qui lui apprend que sur le Trône même tout est vain, excepté la vertu ; la raison, qui l'avertit qu'aux pieds du Trône tout est déplacé, excepté la soumission ; que le devoir d'un Chrétien est de se vaincre ; que l'état d'un Dauphin est de s'oublier ; qu'étant l'objet de l'espérance publique, il doit être un modèle de dévouement, & qu'il ne tient de plus près à l'autorité, que pour donner l'exemple d'une obéissance plus prompte. Quelle leçon pour un Prince ardent, fier, impétueux, & qui sent ses destinées ! Mais ce sont ces ames fières & superbes que la raison soumet avec plus d'éclat & de succès ; elle les enchaîne par le sentiment de leur propre élévation, elle les enflamme par les idées du grand ; les ames foibles déshonorent quelquefois jusqu'à la vertu ; les ames fortes impriment à l'irrégularité même de leurs mouvemens un caractère de grandeur dont la vérité se saisit avec avantage pour les intéresser & pour les séduire.

Monseigneur LE DAUPHIN éprouve bientôt, MESSIEURS, toute la force de cette heureuse séduction :

séduction : c'eût été beaucoup pour un jeune Prince que d'avoir le courage de s'étudier & de se connoître ; il fit plus : il osa se juger, & il fut assez grand pour se craindre. Sûr de ses ressources, je le vois chercher au fond de son cœur le frein puissant qu'il doit opposer à son caractère ; il touche au Trône, & mesurant par sa tendresse l'intervalle qui l'en sépare, il commence aux pieds de ce Trône même cette vie intérieure & réfléchie qui est tout ensemble une sorte de consécration à la vérité, & une espèce d'essai de la mort. Un Peuple heureux, un Roi brillant de jeunesse & de gloire, l'espérance de vieillir à l'ombre d'un sceptre que soutient une main paternelle, voilà ce qu'il apperçoit ; son ambition épurée dédaigne tous les degrés d'une grandeur périssable, elle s'étend aux siècles futurs ; elle embrasse l'éternité, le seul objet digne d'une grande ame : c'est-là qu'il se promet de régner ; c'est-là qu'il essaye, pour ainsi dire, une couronne dont la possession ne doit rien coûter à son cœur ; assez courageux pour se former aux vertus dont l'exemple est toujours nécessaire, & pour se dissimuler à lui-même les talens dont l'usage pourroit être indiscret. Telle fut la jeunesse de Monseigneur LE DAUPHIN : de ce principe, MESSIEURS, vous allez voir sortir, si j'ose ainsi parler, & sa mort & sa vie ; tout se suit, l'une nous eût peut-être moins éblouis, si nous avions mieux jugé de l'autre.

Quels furent ses sentimens dans ce jour mémorable où la France consternée !... Que de plaies je vais rouvrir en un seul moment ! Mais il faut offrir au respect, aux hommages de toute la Terre ces grands mouvemens de la raison & de la nature, si rares parmi les hommes, plus rares encore parmi les Princes : voilà l'héroïsme qu'il faut consigner dans les fastes du monde, & non tant de fureurs & de perfidies politiques, tant de vices brillans, tant de crimes heureux, décorés du nom de conquête : l'histoire de l'orgueil & des passions n'est que trop longue & trop célèbre ; osons du moins enrichir de ce trait précieux, l'histoire, hélas ! trop négligée de l'humanité.

Rappellez-vous vos larmes, MESSIEURS, ces larmes qui honorent & le Roi qui les mérite, & le Peuple qui les répand. Déja l'impitoyable mort sembloit détacher le diadème du front de LOUIS, & du haut de la Citadelle de Metz le montrer à son Successeur. Quel signal pour un jeune Prince ! le charme de l'Empire, l'attrait de l'autorité, les regards attendris de la Nation, qui du lit de son Roi mourant se portent douloureusement & se fixent sur le seul espoir qui lui reste ; tout livre Monseigneur LE DAUPHIN aux conseils de l'orgueil & des passions : mais toutes les passions se taisent & le sentiment parle seul : accablé de la grandeur qui semble le chercher, tremblant, pénétré de douleur & d'effroi, confondant ensemble la pitié, la tendresse, les regrets & les réflexions, Monseigneur LE DAUPHIN s'écrie : *Pauvre Peuple qui perd son Roi, & qui n'a pour toute ressource qu'un Enfant de quatorze ans !* Cri sublime, qui doit retentir aujourd'hui dans tous les cœurs François, noble épanchement d'une ame vertueuse & sensible, vous valez la plus belle vie : *Pauvre Peuple !* Ah ! Prince, dans l'excès de son infortune, ce Peuple étoit trop heureux de trouver un Maître qui s'attendrît ; vous étiez digne de le consoler, puisque vous saviez le plaindre.

Arrêtons un moment, MESSIEURS, il est si doux de contempler l'ame d'un bon Prince. Quelle étoit donc cette ame qui dans le feu des passions naissantes, dans l'ivresse d'une élévation subite, abandonnée seule à tout l'effort d'une séduction si vive, se défend de cette surprise, trompe pour ainsi dire la nature, ou plutôt n'écoute que ses impressions les plus nobles & les plus délicates ? Quelle étoit cette étendue de réflexion, cette force & cette maturité de jugement qui n'apperçoit pas des Courtisans prosternés, & des Sujets soumis, mais qui sait déjà respecter son Peuple, & n'envisage qu'avec effroi les erreurs de l'inexpérience, ou les abus de l'autorité ? Reconnoissez, MESSIEURS, l'ascendant secret de la vérité qui agit sur un Prince formé pour elle. Plaindre dans un âge si tendre le Peuple dont on devient le Maître, c'est le pressentiment d'une sagesse supérieure, c'est l'instinct d'un Philosophe vertueux, & le premier rayon de cette lumière qui n'est destinée qu'aux grandes ames & qui les annonce.

Cependant le vœu de ce Peuple fidèle qui venoit de trembler pour son Roi, demande de nouveaux appuis au Trône ; les flambeaux d'un auguste hymenée s'allument : ô jours d'allégresse & de magnificence, vous vous évanouîtes comme l'ombre ! Le premier gage d'une fécondité qui devoit assurer le bonheur de la France devint le signal de son deuil, & ces nœuds à peine formés, furent la proie de la mort.

Dans un cœur bien fait, l'innocence des penchans accroît leur force & leur durée ; le vice n'a point cette consistance. Moins on laisse d'empire à l'erreur des coupables plaisirs, plus on en donne à cette volupté pure dont la source est dans l'ame, que le devoir consacre, & qui rend elle-même le devoir si aimable & si cher. C'est par le sacrifice de tous ces sentimens, par ce lit nuptial changé tout à coup en cercueil, par cette leçon de mort qui semble étendre sur tous les objets l'empreinte du néant, que le Ciel achève de fixer Monseigneur LE DAUPHIN. Dévoué aux espérances de l'État, il reçoit de nouvelles chaînes, la main respectable qui essuie ses larmes lui devient chère ; mais si le charme de ces nouveaux nœuds adoucit le regret de ses pertes, s'il permet à son cœur de s'ouvrir encore aux consolations sensibles, il s'en prépare en même temps de plus solides & de plus pures, qu'on est toujours sûr d'obtenir lorsqu'on a le courage de les chercher.

Eh quoi ! les Dieux de la Terre connoissent-ils donc le soin pénible de se consoler ? Ne se forme-t-il pas sans cesse autour d'eux une espèce de conspiration pour charmer leurs ennuis, assoupir leurs peines, & leur rendre le plaisir en quelque sorte inévitable? Reſſource trop incertaine! l'agitation qui règne autour des Trônes n'eſt que l'art malheureux de s'éviter ſoi-même ſans pouvoir ſe fuir ; l'adulation qui trompe ſi habilement l'amour propre, ne peut tromper la douleur ; la plaie s'envenime ſous la main qui la flatte, & le ver rongeur s'irrite encore de tous les vains remèdes qu'on lui oppoſe. Un conſolateur plus puiſſant, plus ſûr, plus fidèle étoit réſervé à Monſeigneur LE DAUPHIN ; la vérité.

Je ſais, MESSIEURS, & vous ne l'ignorez pas ſans doute, combien cette auguſte vérité a d'attraits & de douceurs. Fille du Ciel, elle porte avec elle dans nos cœurs le charme divin qu'elle tient de ſon origine ; amie de la médiocrité, elle la ſoutient, elle l'élève, elle l'enrichit, elle crée pour elle un nouveau genre de poſſeſſion & de jouiſſance, elle n'a ce ſemble pour le Sage obſcur que des tréſors ou des plaiſirs. Mais qu'offre-t-elle à un Prince? Le vuide, le domaine de la mort, par-tout où il croyoit appercevoir le mouvement & la vie. Juge incorruptible, elle diſpute aux Grands leurs priviléges, leurs diſtinctions, leurs vertus même ; elle ôte à la jeuneſſe ſa confiance, à la gloire ſon preſtige, à la fortune ſon orgueil, aux mérites humains leur illuſion ; elle détruit toutes les formes qui ſéduiſent, toutes les figures qui enchantent, toutes les ombres qui trompent, pour ne répandre qu'une lumière triſte & ſévère, fidèle, mais terrible, qui dégrade à nos yeux tous les objets, & nous découvre que le néant les domine de tous côtés avec tant d'empire, qu'à peine ſortis de ſes ténèbres, ils y ſont replongés ſans retour. C'eſt à l'étude, c'eſt au culte de cette auſtère Vérité, que Monſeigneur LE DAUPHIN conſacre ces brillantes années, ces jours heureux que les plaiſirs lui promettent. Quel ſpectacle, ou plutôt quel prodige, qu'un Prince qui dans l'ardeur de l'âge, dans la variété des ſéductions, couvert de l'éclat du Trône, paſſe pour ainſi dire, & s'échappe à travers tous ces enchantemens, pour chercher la ſeule nourriture proportionnée à l'élévation de ſon ame, & à la dignité de ſa raiſon!

Mais ne confondez pas, MESSIEURS, le déſir de connoître avec la hardieſſe de penſer, ni le ſage examen des principes reçus avec le goût des nouveautés ambitieuſes. Dieu a porté ſon Trône au milieu de nous; il a fait un ouvrage qui unit le Ciel & la terre, qui embraſſe tous les temps, qui remplit tous les lieux, qui, contrariant tout, & indépendant de tout, ſubſiſte par la ſeule impreſſion de ſa main ſouveraine. A ces grands caractères, MESSIEURS, vous reconnoiſſez la Religion Chrétienne; c'eſt à la vérité de cette ſainte Religion que Monſeigneur LE DAUPHIN s'arrête. Perſuadé que toutes les connoiſſances humaines ne ſont que des ruiſſeaux échappés de ce vaſte océan, il entreprend d'en ſonder les profondeurs, mais c'eſt en adorant qu'il médite; & cet oracle qui ne trompe jamais que l'orgueil qui l'interroge, ouvre bientôt à ſes yeux toutes les ſources de la véritable Philoſophie, celle qui règle l'eſprit, fixe la morale, apprécie la gloire,

& qui en mettant tout à sa place, laisse si peu de ressource à l'erreur & à la vanité.

A la lueur de ce flambeau, Monseigneur LE DAUPHIN ose parcourir cette mer d'opinions & de paradoxes, qui grossie de nos jours par de nouveaux torrens, semble rompre ses digues, & insulter les antiques barrières de l'Evangile & de la Foi. Il examine ces productions trop célèbres, dans lesquelles sont proclamés avec tant de confiance les principes qui doivent former tout à la fois des Heureux & des Sages; & il voit que cette effervescence de raison établit moins de nouveautés précieuses par ses recherches, qu'elle n'offense de vérités utiles par ses entreprises; qu'elle prétend moins instruire qu'étonner; qu'elle n'élève l'homme que pour l'avilir; qu'elle ne lui ôte des entraves qu'il ne sent pas, que pour lui arracher des espérances qui le consolent & qui l'honorent; & qu'après l'avoir traîné d'incertitude en incertitude, elle le laisse à lui-même, entre un Dieu propice qu'il n'ose espérer, un Dieu vengeur qu'il ne veut pas croire, & le misérable espoir du néant, dont il ne peut pas même se saisir.

Monseigneur LE DAUPHIN découvre que si les opinions sont si libres, les principes de conduite, soumis bientôt à l'Arbitraire, se ressentent nécessairement de la licence des systêmes; que l'esprit de doute, par un progrès contagieux, relâche sourdement les ressorts de cette police publique qui tient aux idées & aux conventions reçues; que les esprits une fois émus s'agitent dans leurs chaînes; que cette agitation développe ces inquiétudes secrettes qui s'échappent du fond des cœurs, se communiquent de proche en proche, & répandent cette fierté séditieuse qui consacre l'indépendance sous le nom de la liberté; il reconnoît qu'il y a une masse de vérités confuses, qui agit en secret sur tous les Particuliers, & qui forme les mœurs générales; que si on leur conseille de discuter ce sentiment précieux qui les dirige, on les invite à s'en défier; que si on le combat, on les pousse à s'en affranchir; parce que tout ce qui semble étendre le domaine de l'homme, & lui donner plus d'action, entraîne son jugement, en flattant son orgueil: espèce de fanatisme qui produit l'anarchie jusques dans les mœurs, & avec le mépris des règles, le mépris de tous les devoirs.

Enfin cette sainte Philosophie lui dit; n'en croyez pas les jugemens du monde sur la gloire, il promet l'immortalité, mais c'est Dieu seul qui la donne: *Esto vir fortis, & præliare bella Domini.* Soyez ferme & courageux, non pas seulement au milieu de ces combats que la raison d'Etat, toujours si flexible, autorise mal si la nécessité ne les justifie pas, où la valeur est meurtrière, où la victoire est insolente, mais soyez ferme & courageux contre vous-même, contre ces désirs, ces penchans, ces foiblesses, ces passions dont l'éclat augmente le crime; *Esto vir fortis;* soutenez, achevez les guerres du Seigneur, *præliare bella Domini.* Elles sont sans lauriers, sans titres, sans monumens sur la Terre; mais les lauriers sécheront

sécheront un jour, les titres seront effacés, les monumens seront détruits, l'Histoire même de l'Univers périra, & l'Histoire de ces guerres saintes, écrite de la main de Dieu dans les registres éternels, subsistera seule ; elle seule surnagera sur ce vaste abyme, où l'oubli doit précipiter & confondre ensemble les Vainqueurs & les Vaincus, les Conquérans & les Esclaves, l'orgueil des palmes & la honte des chaînes : *Esto vir fortis, & præliare bella Domini.*

Qu'attendez-vous, MESSIEURS, de ces instructions divines ? L'Arche du Dieu vivant n'aura-t-elle été décorée que pour devenir la proie de l'audacieux Philistin ? Non, de si saintes inspirations ne seront point démenties par de honteux retours ; elle sera déposée, cette Arche respectable, dans un Sanctuaire inaccessible ; le souffle empesté, l'œil impur d'Amalec ne la souillera point, & le voile du recueillement & du silence la couvrira toute entière. Osons aujourd'hui lever une partie de ce voile ; osons pénétrer dans cette retraite auguste, où l'impression de la grandeur se fait bien moins sentir que le charme de la paix & de l'innocence. Inutile, ainsi qu'il le disoit lui-même, au bonheur de la France, (ah ! c'est l'unique erreur dont on puisse accuser Monseigneur LE DAUPHIN) plus instruit, & par conséquent plus détaché, ce Prince si digne de se montrer, ensevelit dans les mêmes ombres, & les lumières du Sage, & les vertus de l'Homme juste. Mais du moins votre gloire, Seigneur, brille au milieu de ces ombres mêmes : si l'Homme de l'Etat n'a point été assez connu, du moins l'Homme de la Religion & de la Vérité n'a pû se dérober à notre admiration : voilà l'Empire que vous lui réserviez sur la Terre ; vous vouliez qu'il régnât, malgré tous les détachemens de sa raison & de sa foi, & vous lui avez donné une autorité qui, pour être respectée, n'a besoin que d'être apperçue ; l'autorité des bons exemples.

Que l'exercice de cette autorité fut doux, paisible, égal, uniforme ! Ce n'étoit point l'austérité d'une réforme chagrine qui décourage les foibles, ou qui les humilie ; c'étoit une piété de sentiment, sage dans ses motifs, simple dans ses effets ; nulle étude, nulle recherche, nul effort, la vertu d'un jour fut la vertu de toute la vie. Monseigneur LE DAUPHIN n'étonne point par la singularité, il attire par la confiance, il fixe par l'estime ; semblable à un fleuve majestueux qui n'a ni le bruit, ni la rapidité d'un torrent, mais qui toujours fidèle dans son cours, baigne sans violence, comme sans inégalité, les heureuses contrées au milieu desquelles il s'écoule. La valeur d'un moment peut faire un Héros, mais c'est le courage de tous les jours qui fait le grand Homme ; & que ce courage est rare dans un Prince que la politique même livre aux plaisirs, dont les regards ne tombent que trop souvent sur des crimes tout préparés, & que la honte de paroître foible soutient toujours si mal contre le charme d'une foiblesse ! Cette humiliante & vaine ressource n'étoit point faite pour Monseigneur LE DAUPHIN, elle lui étoit inutile ; que pouvoit la honte de l'égarement sur une Ame supérieure à la vanité même de la ſageſſe ? Jaloux de ſa propre eſtime, il n'a beſoin que de ſes regards pour être juſte. Maiſon déſolée de ce grand Prince, parlez ici à ma place, publiez le ſecret de cette ſolitude reſpectable ; ſecret ſi peu connu, & peut-être ſi témérairement interprété. Vous peindrez Monſeigneur LE DAUPHIN détaché de tout, mais ne négligeant rien, étudiant dans le ſilence l'art ſublime de régner, avec le déſir d'obéir toujours ; l'art plus intéreſſant de rendre les Hommes meilleurs, pour les rendre encore plus heureux ; toujours égal à lui-même, étant toujours tout ce qu'il devoit être ; bienfaiſant, ne pouvant être libéral ; économe, pour être toujours bienfaiſant ; admirable dans ces momens même où l'amour propre eſt ſans adreſſe pour ſurprendre l'eſtime, & ſans précaution pour cacher les foibleſſes. Vous direz qu'il avoit la vertu de tous les devoirs, c'eſt-à-dire, non-ſeulement le reſpect d'un Fils, la fidélité d'un Epoux, la tendreſſe d'un Père, la conſtance d'un Ami, la ſoumiſſion d'un Sujet, mais la plénitude & la perfection de tous ces ſentimens ; ſoumiſſion qui n'empruntoit rien ni de l'engourdiſſement de l'indolence, ni de la puſillanimité de la crainte ; c'étoit l'impreſſion de la tendreſſe & du reſpect, c'étoit cette modération éclairée qui n'eſt elle-même que le ſentiment délicat des convenances, qui marque le terme où le déſir le plus juſte doit s'éteindre, où l'ambition la plus louable doit s'arrêter, où la paſſion même du bien public doit ſe taire. Fidèle à cette lumière, il ſembloit reſſerrer par une noble circonspection l'espace qu'il occupoit par son rang : & lorsque la juste confiance de son Roi lui eut ouvert le sanctuaire du Trône, après avoir étonné par ses oracles les Anciens & les Sages, il venoit oublier ses destinées, s'oublier lui-même dans l'obscurité de sa vie privée, & captiver cette intelligence qui eût pu maîtriser les événemens, & fixer le sort des Nations.

O vertueuse obscurité ! silence auguste de la Sagesse ! Que vous couvrez de trésors ! Qu'il est beau de voir la scène tumultueuse de l'ambition & de l'intrigue, des passions & des intérêts, des rivalités & des plaisirs, renaître & se renouveler sans cesse, sans être ébranlé par le mouvement général ! .... Mais vous n'êtes pas faits pour juger de ce prodige, Hommes vains & frivoles, qui fuyez votre propre cœur, vous qui n'avez jamais senti le besoin de vous connoître, & la douceur de vous retrouver : c'est à vous que je parle, Disciples ignorés de la raison & de la vertu, venez, entrez dans cette solitude formée aux pieds du Trône, voyez-y régner vos principes & vos mœurs, & goûtez le plaisir de vous estimer vous-mêmes, en admirant Monseigneur LE DAUPHIN. Là ne s'assemblent point pour répandre un jour la désolation & l'effroi, ces vapeurs malignes, ces nuages politiques, ces tempêtes & ces foudres qui agitent les Empires, & qui les embrasent ; c'est là que sous l'œil de la justice s'achève, par le travail & la réflexion, le dépôt sacré du bonheur de nos Neveux ; c'est là que la

Religion perfectionne un Chrétien, que l'humanité forme un Citoyen, que la raison prépare un grand Roi; c'est là que vous appercevez les devoirs & les sentimens mis à la place des plaisirs, parce que les sentimens occupent, parce que les devoirs satisfont, & que les plaisirs même les plus innocens ont toujours une secrette malignité qui corrompt, ou du moins un vuide qui trompe; c'est là que vous trouvez une gaieté douce, une franchise aimable, une simplicité touchante, un cœur qui connoît le prix d'un cœur, un Maître qui ne se fait sentir que par les obligeantes précautions qu'il prend pour se faire oublier: enfin, & c'est le plus grand spectacle qu'un Prince puisse offrir à la Terre, c'est là que vous voyez toutes les impressions de droiture, de justice & de grandeur qui partent du Trône, s'arrêter dans le cœur de Monseigneur LE DAUPHIN, s'y réunir, s'y développer, s'y mûrir pour se reproduire ensuite, & se répandre dans de jeunes cœurs, l'amour & l'espérance de la Nation; c'est là que vous le voyez lui-même goûter au milieu de ses augustes enfans, ce plaisir pur que la vertu puise aux sources de la nature, le bonheur d'être Père; partager l'innocence de leurs jeux, sourire à leurs tendres caresses, étudier leurs penchans, essayer leur foible raison; leur montrer, non les respects, mais les obligations qui les attendent; leur répéter, non les accens séducteurs de l'adulation, mais le cri déchirant de la misère; & leur apprendre que le Pauvre vertueux qui gémit loin du

Trône, eſt un Citoyen reſpectable que le Trône doit protéger.

Quel Maître, & quels Élèves! Il eſt donc coupé pour jamais cet heureux cours de principes & d'inſtructions. L'aſtre qui échauffoit ces foibles plantes de ſes rayons bienfaiſans ne luira plus ſur elles, hélas! & il ne luira plus pour nous. O mon Dieu! vous n'avez fait que montrer ce bon Prince à la Terre, vous avez emporté comme un vent impétueux le plus cher objet de nos eſpérances, *abſtuliſti ſicut ventus deſiderium noſtrum ;* ſa vie a paſſé comme un nuage, *& ſicut nubes pertranſiit ſalus noſtra.* Quel préſent vous aviez fais à cet Empire! Que de germes de bonheur & de gloire étoient renfermés dans une vie ſi ſimple en apparence & ſi obſcure, que de vertus utiles, que d'exemples profitables & ſalutaires! Et malheur à qui ne ſentiroit pas le prix de ces exemples & de ces vertus! Malheur à ces ames atroces dont l'admiration ne s'éveille qu'au bruit des ravages & des crimes célèbres! Pour nous, MESSIEURS, ſachons apprécier en Chrétiens un Prince Chrétien ; un Prince ferme dans ſes ſentimens, ſublime dans ſes vues, ſage dans ſes goûts, ſévère dans ſes mœurs ; qui ne chercha que Dieu, qui n'aima que la vérité, qui ne vécut que pour ſe convaincre que l'uſage le plus ſenſé qu'on pût faire de la vie, c'étoit d'apprendre à la quitter. Voilà le ſigne de ſalut que Dieu avoit établi au milieu de nous, *ſignum & portentum in Iſraël ;* voilà le miracle de ſa miſéricorde : ſerions-nous réſervés au crime de le méconnoître? La vanité ne réclame rien dans ce triſte éloge ; on ne vous offre point des drapeaux déchirés, des trophées ſanglans, des Rivaux humiliés, des Provinces conquiſes ; la Victoire éplorée ne gémit point, la Renommée ſe tait ; la Vertu pleure ici toute ſeule ; elle pleure un Prince de trente-ſix ans qui ne connut qu'elle ; non, nous ne ſommes point aſſez corrompus pour réſiſter à l'intérêt que porte avec elle cette nouveauté touchante ; nous n'aimons pas pour nous la ſévérité de la Vertu, mais nous en aimons toujours le ſpectacle, il ſemble qu'il nous honore à nos propres yeux. Cette eſpèce d'orgueil aſſure encore un reſte d'empire à la Religion, elle entre du moins juſques-là dans les bienſéances de nos mœurs ; aveugles que nous ſommes ! & nous ne penſons pas que ces mêmes bienſéances s'élèveront un jour contre nous, nous ne penſons point que nous ſerons jugés par ce reſpect même que nous gardons aux vertus que nous n'imitons pas.

Mais ſi vous avez beſoin, MESSIEURS, de l'admiration pour être utilement touchés, le Ciel vous ménage encore cette grace. Vous avez vu une vie chrétienne, qui n'a été que l'apprentiſſage de la mort ; je vais vous offrir une mort héroïque, qui renferme tout l'éclat & tout le ſpectacle d'une belle vie.

SECONDE PARTIE.

Nous mourons tous, & la mort égale tous les hommes. Les avantages de la naiſſance, la célébrité des talens, les dons du génie, tous ces accidens de grandeur ou de gloire qui décorent cette vile pouſſière dont nous ſommes ſi vains, & qui couvrent, du moins pour quelques momens, le miſérable fond de notre être, tombent alors & diſparoiſſent : à la mort il ne reſte que la mort même ; c'eſt-à-dire, une raiſon qui s'éteint, des organes qui ſe détruiſent, des formes qui ſe décompoſent, un dernier ſouffle qui échappe, & ne laiſſe bientôt après lui qu'un triſte amas de boue & de cendre, qui n'a pas même de nom.

Rois, Puiſſans, Heureux du monde, voilà le ſort humiliant qui vous attend, vous le ſavez ; mais ce que vous ignorez peut-être, c'eſt que ſi ce dernier moment peut admettre quelques diſtinctions & quelque éclat, ſi la mort peut ſouffrir que quelques rayons de gloire entourent encore ſa victime, c'eſt au Sage, c'eſt à l'Homme vertueux que ce privilége eſt réſervé. Lorſqu'elle approche d'un Grand qui n'a vécu que pour l'erreur ou pour le crime, elle trouve en quelque ſorte ſa proie à demi-conſumée, elle n'apperçoit pour ainſi dire que des ruines & des débris ſur leſquels elle achève d'étendre toute l'horreur de ſon ombre : mais lorſqu'elle approche d'un Juſte, étonnée

étonnée & comme suspendue, elle semble s'arrêter pour contempler elle-même les derniers mouvemens de son ame, elle se mesure avec lui, elle augmente sa force & son action, elle attend qu'il se montre tout entier, & lui laisse, même en l'accablant, tout l'honneur du triomphe.

Ainsi parut-elle s'arrêter à ce lit de souffrance & de gloire sur lequel Monseigneur LE DAUPHIN expira. Tout espoir étoit perdu, l'admiration & l'amour s'obstinoient à espérer encore; on ne pouvoit croire que tant de grandeur se fût éclipsée pour toujours; on contemploit cette bouche dont les derniers oracles avoient honoré la Religion & l'humanité: hélas! on se persuadoit qu'elle alloit s'ouvrir encore, on pressoit ce cœur déja glacé, on y cherchoit les restes de ce courage qui eût dû triompher de la mort même, si les coups qu'elle porte n'étoient pas inévitables; & la douleur trompée par l'éclat de ce moment, croyoit toujours trouver la vie où elle avoit vu tant d'élévation & de vertu.

Mais que fais-je? Et pourquoi vous précipiter vers cet instant fatal! Je le sai, MESSIEURS, dans le récit d'une mort ordinaire on ménage la sensibilité; mais il est des mouvemens qu'il ne faut point étudier de peur de les corrompre; il est des circonstances où l'usage de l'art est une espèce de profanation; c'est à la simplicité à décrire l'héroïsme de la simplicité: peindre Monseigneur LE DAUPHIN mourant & le pleurer, recueillir sa gloire & y mesurer nos pertes, ajouter l'admiration à l'admiration, la douleur à la douleur, le gémissement au gémissement ; voilà tout l'artifice de cette dernière partie de son éloge. Portons donc sous vos yeux le spectacle tout entier : il n'occupe qu'un point dans la trop courte carrière de ce grand Prince ; mais ce point est le centre d'une grande lumière, & il doit être pour nous une source inépuisable de regrets.

Oui, MESSIEURS, la mort de Monseigneur LE DAUPHIN a révélé seule le secret de son ame : fatalité cruelle, il falloit le perdre pour le juger ! Déja se répandoient sourdement les plus vives inquiétudes sur la conservation d'une tête si chère ; déja se mêloient à ces terreurs secrettes de noirs pressentimens & de sinistres conjectures : un bon Prince est l'héritage d'un bon Peuple, & chaque particulier tremble pour le bien qu'il craint de perdre ; mais soit que ce qui nous flatte nous paroisse toujours devoir être éternel ; soit que l'apparente sécurité de tout ce qui environne Monseigneur LE DAUPHIN fasse taire les craintes ; soit plutôt, ô mon Dieu, que par un de ces décrets rigoureux qu'il faut adorer, vous eussiez troublé le conseil des Sages, le péril est méconnu, le cri de la prévoyance d'un seul qui l'annonce n'est pas même répété par la terreur de tous, & la victime déja sous l'invisible main de la mort, marche lentement au sacrifice.... O vous qui du haut des Cieux voyiez nos allarmes, vous le Protecteur de la France, après en avoir été le Père, pourquoi ne couvriez-vous pas de vos ailes l'auguste rejeton de votre sang ? Hélas ! il eût été juste comme vous, il eût aimé son

Peuple, il eût perpétué ces jours tranquilles dont nous jouissons.... Mais il falloit que l'Arrêt des vengeances s'accomplît.

Cependant, au milieu des progrès d'une destruction sensible, l'ame de Monseigneur LE DAUPHIN, toujours ferme, toujours égale, semble prendre encore plus de mouvement & d'activité. Il voit s'élever entre lui & le Trône de tristes ombres qui s'épaississent; mais sa tranquillité n'en est point altérée, il la communique à tout ce qui l'approche; il couvre lui-même du voile de la sécurité qu'il veut inspirer, le tombeau qui se creuse imperceptiblement sous ses pieds; sa généreuse confiance achève l'aveuglement. Eh! qui eût pu croire en effet que les années dussent manquer à tant de courage! jamais nos regards ne s'attachèrent sur ce Prince avec plus de tendresse & d'intérêt; jamais il ne parut sortir avec plus de pompe & de majesté de cette retraite intérieure qu'il s'étoit formée, semblable au Soleil qui rassemble tous ses feux lorsqu'une sombre vapeur s'élève pour l'obscurcir & pour l'éteindre.

Je ne sai, MESSIEURS, si mon sujet me séduit; mais ce courage me paroît supérieur à tout ce que l'opinion, le préjugé consacre dans les Héros: quoi! c'est à la vue de ce tombeau presque ouvert que Monseigneur LE DAUPHIN paroît entrer dans la carrière de la vie? Une voix secrette lui dit, *morieris tu*: vous portez la mort dans votre sein, vous mourrez bientôt, vous jeune, vous l'héritier d'une couronne brillante, *morieris tu*; & cette voix cruelle, ce noir pressentiment, le regret d'une si belle destinée, rien ne l'arrête; je le vois paroître à la tête de nos Guerriers dans les plaines de Compiegne.... O mon Prince, ô l'espoir d'une Nation qui chérit ses Rois, ne vous montrez-vous donc avec tant d'éclat que pour rendre nos regrets plus amers! Suspendons un moment le sentiment de ces regrets, & connoissons du moins toutes les espérances que nous sommes réservés à pleurer.

La gloire des armes, MESSIEURS, cette gloire qui fait si peu d'illustres & tant de malheureux, cette gloire qu'il faut craindre, & qui pour se faire pardonner ses triomphes, a besoin d'être expiée par le regret même de les avoir obtenus, n'étoit point étrangère à Monseigneur LE DAUPHIN. Né du sang des Héros, il en connoissoit l'éclat, & il en redoutoit l'ivresse; la modération & l'humanité de son auguste Père tempéroit la bouillante valeur du grand HENRI qui étinceloit dans ses veines, & ces lauriers qu'il avoit partagés à Fontenoi au milieu d'un champ couvert de carnage & de sang, avoient moins excité son ambition que déchiré son cœur. Mais il avoit compris que la science des combats, toujours funeste, est quelquefois nécessaire; qu'un grand Roi ne doit ni craindre ni être craint, & que s'il se défend de conquérir, il doit savoir conserver. C'est d'après ces maximes, dignes tout à la fois de sa sagesse & de ses destinées, que nous l'avons vu mêler l'image de la guerre aux douceurs de la paix, & dans un spectacle qu'il rendoit si intéressant par son action & par sa présence, préparer, non des terreurs à nos voisins, non des victimes à l'ambition, mais des Défenseurs à la Patrie, & des Héros à la nécessité.

Guerriers respectables (1), chargés particulièrement de la gloire de son nom, vous l'avez vu couvert des mêmes armes, & de la même poussière que vous, vous inspirer par son exemple le goût de cette discipline sévère qui assure les succès, ou qui répare les disgraces. *Enfans*, vous disoit-il, en vous présentant à son auguste Epouse, *Enfans, voilà ma Femme.* Quel langage! Avec quelle douceur ce rayon de bonté pénétroit au fond de tous les cœurs! Siècle faussement délicat, vous rougissez peut-être d'une parole si simple & si étrangère à vos mœurs; vous en rougissez! & cette parole eût été le cri de la victoire; elle eût précipité dans le péril, elle eût mené à la mort ce même Soldat dont elle avoit embrasé l'ame: quel feu, quelle audace n'eût pas répandue dans toute une Armée l'impression d'une familiarité si touchante? quelle vie eût été ménagée? Hélas! pensions-nous qu'on verroit bientôt ces mêmes Guerriers, si fiers des bontés de leur Prince, courber aux pieds des Autels, couvrir de cendre ces mêmes étendards qu'ils venoient de déployer à ses yeux, & par la pieuse singularité de leur pénitence, redemander au Ciel des jours dont ils se promettoient tant de gloire! Pénitence aussi chrétienne que Françoise, ah! vous deviez désarmer le bras de Dieu, &

(1) Le Régiment Dauphin.

détourner le coup terrible dont il étoit près de nous accabler !

Mais ce Dieu qui fut inexorable, est un Dieu juste. C'en est fait, MESSIEURS, l'ordre irrévocable part des Conseils éternels, & Monseigneur LE DAUPHIN est frappé au milieu de ses palmes pacifiques. Tout à coup le péril se déclare, l'Art se déconcerte, la confiance se perd ; la Mort semble sortir du nuage qui l'enveloppoit, elle se montre, elle a déja la main étendue sur le Prince.... Moment affreux ! Le cri de la douleur s'élève du sein de la gloire & de la majesté, & va se répéter dans tous les cœurs ; le Peuple inonde les saints Portiques, les Temples retentissent de gémissemens, les Autels sont chargés de vœux, le Pauvre court chercher le Pauvre, pour confondre avec lui, & le sacrifice de ses larmes, & l'offrande qu'il dérobe à sa misère.

Vœux inutiles! Peuple présomptueux dans ta douleur, Peuple qui ne mérite rien, & qui ose tout espérer, tu as toi-même préparé ces profondes ténèbres qui te cachent la miséricorde! Tes propres iniquités se sont placées entre le Ciel & toi comme un nuage d'airain, pour repousser tes cris & ta prière : *opposuisti tibi nubem, ut non transeat oratio.* Ce n'est qu'au bruit de la foudre que tu t'éveilles, & tu ne sais ni la craindre, ni la prévoir ; tes tardifs gémissemens retombent sur toi, *opposuisti tibi nubem, ut non transeat oratio.* En effet, MESSIEURS, le mal devient extrême, & livre bientôt Monseigneur LE DAUPHIN aux derniers secours de la Religion.

Ce jour de pleurs & d'effroi, dont l'appareil étonna l'ame la plus ferme, attendrit la plus insensible, déchira la mieux préparée, fut le jour de votre Majesté, Seigneur! *In illâ die exaltabitur Deus solus.* O Roi éternel, qui voyez tous les Rois s'écouler devant Vous avec le torrent des âges, que vous étiez grand dans ce moment terrible! Tout s'abaissa sous vos pieds, Trône, Sceptre, Dignité, Puissance; tous les Rangs, tous les Degrés disparurent, toute lumière s'éclipsa devant ces lugubres flambeaux qui n'éclairèrent alors que la foiblesse, l'humiliation, le néant; & dans ce Palais tout plein de la gloire humaine, il ne resta que Vous & la victime. *In illâ die exaltabitur Deus solus.*

A ce spectacle, MESSIEURS, dont la seule image glace les sens, au milieu de cette espèce de solitude morne & subite, Monseigneur LE DAUPHIN, humble & ferme tout ensemble, se précipite dans le sein de ce Dieu qui lui reste seul. Sa jeunesse, ses destinées, toute cette grandeur dont il n'apperçoit plus qu'un rayon sombre & funeste, ne lui coûte pas un soupir: dans cette ame forte & vertueuse, la grace & la raison avoient devancé la mort. Le Roi, quel moment pour un Père! le Roi fond en larmes, le cœur des Princes de son Sang se déchire & se brise, les Prêtres consternés se troublent; lui seul tranquille au milieu de la désolation dont il est l'objet & le témoin, environné de terreur & de pitié, sans défier la Mort, sans la craindre, ne voit que l'éternité qu'elle fait briller à ses yeux; toute la nature se retire devant lui, mais le Ciel s'approche ; enlevée pour ainsi dire à la Terre, par le pouvoir & l'attrait de la grace, son ame s'élance à la voix du Pasteur qui lui dit en gémissant : *Ecce Rex tuus venit tibi mansuetus.* Prince, voilà votre Roi, il vient à vous plein de douceur, *venit tibi mansuetus.* Ah ! sans doute toute la miséricorde étoit pour lui, & toute la colère pour nous .... L'innocence s'humilie, mais elle ne connoît pas l'horreur de l'inquiétude ; il l'avoit toujours cherché ce Roi des Siècles, ce Dieu des Rois ; sa présence pouvoit-elle ou l'effrayer, ou le surprendre ? Il l'avoit craint pendant sa vie comme son Juge, il l'adore dans ce dernier instant comme son Consolateur & son Père ; il ranime tous les courages, il calme tous les désespoirs, il soutient, il dirige lui-même le ministère d'un Pontife que la douleur égare ; il lui marque la place que l'Onction sacrée doit purifier ; & sa fermeté religieuse fait douter si les saints Mystères qui s'accomplissent, annoncent seulement les sages précautions d'une foi prompte à s'allarmer, ou s'ils sont en effet les dernières consolations d'une vie prête à s'éteindre.

Tristes, mais salutaires précautions, vous n'avez été que trop justifiées ! Cependant l'espérance renaît, un rayon brille au milieu de la tempête. Rayon trompeur, mais précieux, il éclaire le plus beau moment de la vie de Monseigneur LE DAUPHIN ; que dis-je, le moment ? il éclaire en effet toute sa vie.

C'est le privilége des Ames fortes de rassembler, dans un court espace, tout l'éclat d'une longue carrière, & d'offrir l'histoire d'un siècle dans le tableau

de

de peu de jours.... Sortez donc de votre ſecret, ame puiſſante & ſublime ; déchirez, il en eſt temps, le voile de la modeſtie qui vous couvre ; votre vertu fut le recueillement & la retenue ; votre devoir eſt de vous montrer aujourd'hui toute entière, d'humilier l'indifférence qui vous a méconnue, de juſtifier l'amour qui vous pleure, de conſacrer les triſtes éloges qui vous attendent ; vous ne devez plus craindre l'admiration, & vous devez au monde la vérité... Réuniſſons du moins, MESSIEURS, quelques traits de cette vérité ſi honorable pour Monſeigneur LE DAUPHIN. Je vous ai promis un grand Roi, le voici.

Prince exact & prévoyant ; au milieu du trouble & de l'attendriſſement général, ſa prudence délibère, & ſa raiſon exécute ; quel que ſoit l'eſpoir qu'on lui préſente, il marche au terme ſans ſe diſtraire, il ſe tranſporte ſous ce point fatal qui ſépare le temps de l'éternité ; il contemple ſa mort, il en rapproche tous les détails, il étudie les déplorables droits qu'elle lui donne, il pèſe les derniers vœux de ſon cœur, & pour ne s'occuper déſormais que du Ciel, il s'acquitte de tout ce qu'il doit à la Terre : voilà ſa ſageſſe.

Prince rigoureuſement équitable ; perſuadé de l'inutilité de ſa vie, il craint que ſa mort ne devienne onéreuſe à ce même Peuple qu'il n'a pas ſervi ; il voudroit avoir mérité ſes regrets, & ne lui coûter que des larmes. Plein de ce ſentiment, il règle les honneurs de ſa Cendre, ſa courageuſe économie écarte du moins le faſte de ſon tombeau, & ſa première volonté eſt un bienfait public : voilà ſa juſtice.

Maître délicat & généreux ; il exagère les foibles services qu'on lui rend, il récompense le stérile intérêt qu'on lui montre, il console le zèle malheureux dont les ressources s'épuisent, & à qui il ne reste que des pleurs ; nul retour amer, nulle réflexion chagrine sur l'incertitude d'un Art auquel il échappe, & qui s'efforce en vain de l'arrêter sur le bord de la tombe : voilà sa bonté.

Père tendre, Epoux plus tendre encore, s'il est possible ; il porte ses Enfans aux pieds du Trône, il les dépose dans le sein paternel de leur respectable Aïeul, il le supplie de protéger leur foiblesse, & de la couvrir de son ombre bienfaisante ; il atteste ces nœuds sacrés qui firent son bonheur, & par ces mêmes nœuds toujours si chéris, toujours si respectés, il conjure son auguste Epouse de veiller sur les Fruits précieux de leur union, il essuie ses larmes, il la soutient par l'espoir de régner un jour avec lui dans le sein de Dieu même ; heureux, en mourant le premier, de lui donner un exemple, que son cœur déjà déchiré par une première plaie, n'eût pas été capable de recevoir : voilà sa sensibilité.

Héros magnanime ; semblable à ces montagnes dont la cime inaccessible aux orages conserve toujours la sérénité de l'air qui l'environne, son ame déjà fixée au sein de Dieu, ne connoît ni les saisissemens de la crainte, ni les agitations de l'impatience; chaque mouvement de cette ame inaltérable est un sentiment de grandeur ou de vertu ; des nuits pénibles succèdent à des jours cruels, tout son corps n'est bientôt plus qu'une plaie douloureuse, son courage semble croître & s'affermir sur les ruines même de ce corps qui s'épuise : & ce n'est point un personnage qu'il achève avec éclat, il met dans sa mort la noble simplicité de sa vie ; l'action est plus brillante, mais le principe est le même ; il a plus de spectateurs, mais il n'a point oublié qu'il n'a qu'un Juge : ces langueurs, ces frémissemens secrets d'un être qui se décompose, ces portions de la mort, si j'ose m'exprimer ainsi, plus cruelles que la mort même, rien ne le trouble ; il la voit s'avancer lentement, & déployer par degrés toute son horreur ; supérieur à l'orgueil qui la brave, il l'observe & il l'attend : voilà son intrépidité.

Enfin l'instant du sacrifice arrive : il entend les derniers vœux de l'Eglise, & comme le dernier cri de la Religion qui l'avertit que l'éternité s'ouvre ; il rassemble pour ce dernier instant, non son courage, mais ses forces ; il s'unit à ces vœux sacrés, il répète ce cri consolant ; ses espérances deviennent plus vives, sa foi plus tendre, sa main défaillante cherche le signe adorable de notre Rédemption ; ses lèvres s'y attachent, ses regards s'y fixent, il découvre dans les Plaies sacrées de JESUS-CHRIST de nouvelles sources de vie & de gloire, il y retrouve un autre Empire, une autre Couronne. Tout fuit, tout disparoît, ses yeux se ferment, & du pied du plus beau Trône du Monde, il passe dans le sein de l'éternelle miséricorde : voilà sa constance & son triomphe.

Vous trompé-je, MESSIEURS ? Quelle autre idée vous formez-vous d'un grand Homme ? Que manque-t-il à cette vie, hélas ! que la durée ? Pour illustrer un Règne, pour rendre un Peuple respectable, imaginez ce que le courage doit ajouter à la politique, ce que la prévoyance doit ôter à la fortune, ce que la modération doit tempérer dans la puissance; pour rendre ce même Peuple heureux, combinez ce que l'autorité doit avoir de lumière, la Religion de pouvoir, la justice de délicatesse, la bienfaisance d'action & de volonté; cet assemblage si rare des dons de l'ame & du génie, ce mélange précieux de vertus douces & de qualités héroïques, je viens de vous l'offrir, en recueillant les derniers soupirs de Monseigneur LE DAUPHIN ; & ce ne sont point là de ces peintures exagérées qui avilissent l'art de l'Orateur, & qui insultent la raison de ceux qui l'écoutent; ce sont des faits dont la France, dont l'Europe entière a retenti : la mort de ce grand Prince est l'abrégé de l'histoire d'un grand Roi.

Et voilà l'histoire que la postérité ne lira pas, & dont nous devons pleurer avec elle la cruelle & irréparable perte ! que dis-je, irréparable ? Monarque bien aimé, & si digne de l'être, ah ! vous vivez, & nos pleurs s'adoucissent en se mêlant avec les vôtres; vous restez à notre amour pour le consoler, vous restez à nos espérances pour les affermir ; vous nous restez, rejetons précieux de tant de Rois, & nous aimons à chercher dans vos traits, les traits de ce

Prince chéri que nous redemandons en vain à la mort : mais quelle distance sépare nos consolations ! Avec quelle complaisance nous parcourions cette chaîne qui s'étendoit du Trône jusqu'au dernier appui du Trône même ? Le souffle d'un Dieu vengeur l'a brisée : un tombeau, une Princesse inconsolable, voilà ce qui remplit à nos yeux ce triste & sombre intervalle.... O douleur aussi tendre que vertueuse, soyez à jamais l'objet de nos respects ; & que l'auguste Mère de nos Rois retrouve dans tous les cœurs un Trône encore plus flatteur que celui qu'elle a perdu.

Grand Dieu ! vous avez ravi au meilleur des Pères sa consolation, à la Mère la plus vertueuse ses délices, à l'Épouse la plus tendre son bonheur, à la Famille Royale son appui, à d'augustes Enfans leur modèle, à la Piété son ornement, à la Religion son soutien, à tout un Peuple ses plus douces espérances : que de coups confondus dans un seul ! Si vous mesurez, Seigneur, les consolations aux disgraces, quel droit n'avons-nous pas à l'effusion de vos bienfaits ? Un siècle de prospérités racheteroit à peine ce moment de rigueur. Ne perdons pas du moins tout ensemble & nos biens & nos regrets ; qu'un rayon de votre grace achève ce que vos vengeances ont commencé ; donnez aux exemples de Monseigneur LE DAUPHIN cette autorité qui frappe, & cette éloquence qui persuade ; que du fond de sa tombe il parle au cœur des Grands, & à la raison des Sages : qu'il dise aux Grands, que la vie la plus heureuse prépare la mort la plus terrible, parce que l'abus de votre miséricorde, qui fait le crime de la vie, amène nécessairement l'effroi de votre justice, qui fait le désespoir de la mort; qu'il dise aux Sages, que c'est la mort seule qui met le prix à toute la vie; que les fières maximes de la philosophie humaine peuvent bien donner le masque & l'ostentation du courage, mais que la Religion seule en donne le sentiment & la vérité: qu'il dise à tous, que la première science de la vie, c'est de savoir mourir; que la mort en elle-même n'est ni tardive ni prématurée, qu'elle est toujours trop prompte lorsqu'elle est imprévue; & puisque vous n'avez pas permis qu'il régnât un jour sur la reconnoissance de nos neveux par ses bienfaits, qu'il règne du moins à jamais dans leurs cœurs, comme dans les nôtres, par l'impression de ses exemples, & par l'image de ses vertus. Ainsi soit-il.

PRIVILÉGE DU ROI.

LOUIS, par la grace de Dieu, Roi de France & de Navarre : A nos amés & féaux Conseillers, les Gens tenans nos Cours de Parlement, Maîtres des Requêtes ordinaires de notre Hôtel, Grand Conseil, Prevôt de Paris, Baillifs, Sénéchaux, leurs Lieutenans Civils, & autres nos Justiciers qu'il appartiendra ; SALUT. L'Académie Françoise, dont à l'exemple du Roi LOUIS XIV notre Prédécesseur & très-honoré Bisaïeul, Nous avons bien voulu Nous déclarer le Chef & le Protecteur, Nous ayant fait représenter qu'elle continue de donner tous ses soins à la perfection de la Langue Françoise ; en sorte que non-seulement elle a revu & augmenté son Dictionnaire, pour en donner une nouvelle édition, mais qu'elle a fait aussi diverses observations sur la Langue, & travaillé à plusieurs Ouvrages de même nature, qu'elle desireroit faire imprimer, s'il Nous plaisoit lui accorder des Lettres de Privilége, tant pour la réimpression de son Dictionnaire, que pour l'impression des autres Ouvrages qu'elle a entrepris, offrant pour cet effet de les faire imprimer & réimprimer en bon papier & beaux caractères, suivant la feuille imprimée & attachée pour modèle sous le contrescel des Présentes: A CES CAUSES, voulant favorablement traiter ladite Académie, tant en considération du mérite & de la capacité des personnes qui la composent, qu'à cause de l'avantage que le Public peut retirer des Ouvrages auxquels elle s'applique, Nous avons permis & permettons par ces Présentes à ladite Compagnie, de faire imprimer, vendre & débiter en tous les lieux de notre obéissance, par tel Imprimeur qu'elle voudra choisir, & autant de fois que bon lui semblera, son Dictionnaire revu & augmenté, & tous les autres Ouvrages qu'elle aura faits, *& qu'elle voudra faire paroître en son nom*, en un ou plusieurs Volumes, conjointement ou séparément, en beaux caractères & sur papier conformes à ladite feuille imprimée & attachée pour modèle sous notredit contrescel ; & ce pendant le temps & espace de vingt cinq années consécutives, à compter du jour de la date des Présentes : Faisons très-expresses défenses à tous Imprimeurs, Libraires, & autres personnes de quelque qualité & condition que ce soit, d'imprimer ou de faire imprimer, en tout ni en partie, aucun des Ouvrages de ladite Académie, ni d'en introduire, vendre ou débiter aucune impression étrangere dans notre Royaume, sans le consentement par écrit de ladite Académie, ou de ceux qui auront son droit, à peine contre chacun des contrevenans de trois mille livres d'amende, applicable un tiers à Nous, un tiers à l'Hôtel-Dieu de Paris, & l'autre tiers à ladite Académie, ou aux Libraires dont elle se sera servi ; & à peine aussi de confiscation des Exemplaires, & de tous dépens, dommages & intérêts ; à condition néanmoins que dans trois mois, à compter de ce jour, ces Présentes seront enregistrées tout au long sur le Registre de la Communauté des Imprimeurs & Libraires de Paris : Que l'impression de chacun desdits Ouvrages de l'Académie sera faite dans notre Royaume & non ailleurs ; & qu'elle se conformera, ou ceux qui auront droit d'elle, en tout aux Réglemens de la Librairie, & notamment à celui du 10 Avril 1725 ; & qu'avant de les exposer en vente, il sera mis deux Exemplaires de chacun dans notre Bibliotheque publique, un dans celle de notre Château du Louvre, & un dans celle de notre très-cher & féal Chevalier le Sieur DAGUESSEAU, Chancelier de France, Commandeur de nos Ordres ; le tout à peine de nullité des Présentes. Du contenu desquelles vous mandons & enjoignons de faire jouir pleinement & paisiblement ladite Académie, ou ceux qui auront droit d'elle, sans souffrir qu'il leur soit fait aucun trouble ou empêchement : Voulons que la copie desdites Présentes, qui sera imprimée tout au long au commencement ou à la fin de chacun desdits Ouvrages, soit tenue pour dûement signifiée ; & qu'aux copies collationnées par l'un de nos amés & féaux Conseillers & Secrétaires, foi soit ajoutée comme à l'Original : Commandons au premier notre Huissier ou Sergent sur ce requis, de faire pour l'exécution d'icelles tous actes requis & nécessaires, sans demander autre permission, & nonobstant Clameur de Haro, Charte Normande, & Lettres à ce contraires : Car tel est notre plaisir. DONNÉ à Paris le trentiéme jour du mois d'Avril l'an de grace 1750, & de notre Règne le trente-cinquiéme. Par le Roi en son Conseil, SAINSON.

L'Académie Françoise a cédé le présent Privilége au Sieur BRUNET, son Libraire, suivant les conditions portées dans ses Registres. A Paris le vingt Juin mil sept cent cinquante. *Signé* MIRABAUD, Secretaire perpétuel de l'Académie.

Registré, ensemble la Cession, sur le Registre XII de la Chambre Royale & Syndicale des Libraires & Imprimeurs de Paris, N° 431, *fol.* 309, *conformément aux anciens Réglemens, confirmés par celui du* 28 *Février* 1723. *A Paris le* 22 *Juin* 1750. LE GRAS, Syndic.

L'Académie Françoise a arrêté que l'Oraison Funèbre de Monseigneur LE DAUPHIN, prononcée par M. l'Abbé de Boismont, l'un des Quarante de l'Académie, le 6 du présent mois, sera imprimée en vertu du Privilége de l'Académie. Fait au Louvre le 8 Mars 1766.

Signé DUCLOS, Secretaire perpétuel de l'Académie.

www.ingramcontent.com/pod-product-compliance
Ingram Content Group UK Ltd.
Pitfield, Milton Keynes, MK11 3LW, UK
UKHW012117240726
13965UKWH00005B/1807

9 782013 052740